AF390728

Vers libres et Autres balivernes

Vers libres et Autres balivernes

Rimes et rythmes

Michel Manon

Dépôt légal : décembre 2022

ISBN broché : 9782958533304

Éditeur : Michel Manon

Contact auteur : manonml92@gmail.com

« Préserver le lettre et transmettre l'esprit »

A tous ceux et celles, rêves ou réalités, qui ont apporté une pierre à cette

modeste construction,

A tous ceux, famille, intimes, amis ou amies d'aujourd'hui et de demain,

qui découvriront l'indicible   derrière ces mots,

A mon ami Charles, catalyseur de ce passage.

VERS DE NUIT

Bipolaire

Dans la froide nuit glacée, loin la sirène hurlait,
Dans la froide nuit glacée, j'étais seul, il pleuvait.
Ville crasseuse endormie, ville sans nom ou perdue,
Je marchais haletant, haletant et sans but,
Dans les rues noires, glissant, sans cesse me retournant,
Comme apeuré par l'ombre du tout dernier tournant.

Dans la froide ville glacée, rue des Rats je m'en fus
Seul, seul avec les chats, leurs cris et leur raffut,
Envahi par leurs râles, presque humains et sans fin
Qui montent dans la nuit pour apaiser leur faim.
Et c'est là, rue des Rats, que devait brusquement
Crevant la crasse gluante, monter ce hurlement.
Quelques secondes à peine, dominant la sirène,
Les chats puis le silence. Rue des Rats, Irène est morte.
Le silence. Du sang qui glisse par terre,
Et puis cette impression, d'étouffer, de manquer d'air ;
Elle est là étendue, dans l'eau sale du fossé,
Les membres déjà raides, la jupe déchirée.
Tout dort, même les chats, encore plus les bourgeois,
Mais comment peuvent-ils dans leur lit, rester cois ?

Mais comment ne peuvent-ils ne pas sentir ce sang,

Qui s'échappe avec regret, d'entre ses belles dents ?

Près d'elle il pleure, un couteau à la main

Il regarde ses mains qui scellent son destin

Il la regrette – elle est si belle dans sa jupe rouge

Qu'elle mettait toujours pour honorer les beaux jours.

Je suis là près de lui, il me voit, il a peur.

Une fenêtre s'ouvre. Un cri. Des pas. Des voix.

Le couteau rouge tombe. D'autres pas et un cœur

Qui bat la chamade dans un corps fait de bois

Que bientôt la nuit étouffe. Dans la froide nuit glacée,

Hélas l'auriez-vous cru, il parait que j'ai tué.

Dans la nuit

Dans la nuit
Dans mon lit
Éveillé
À regret.
Ton corps s'anime
Dans la vie
Ton corps s'enfuit
Dans la nuit.
Mon corps s'endort
De remords
Mon corps se tord
Plus encore.
Oiseau de nuit
Sinistre oiseau
Qui dans le noir
Jette ton cri,
Oiseau de nuit
Sinistre oiseau
Qui même aux rats
Fait peur le soir,
Oiseau de nuit

Sinistre oiseau

Morbide chouette

Crois-tu donc plaire ?

Alcools

1 – Nuit de l'ennui
C'était minuit
Y avait Paris
Y avait Mimi
On sirotait
Dans un café
Du gin tonic
Ou du whisky
On rigolait
Gin and whisky
Ça, c'est Paris
Paris minuit.

2 – Mais vers deux heur'
Moins le quart
Quart de Perrier
Périer manquait.
On l'a cherché
Champs-Élysées
N'y était pas
Ça m'énervait.
T'as rigolé
Lait écaillé
Je t'ai giflée
Tu as filé.

3 – Mais vers trois heur'
Moins le quart
Voilà Périer
Whisky-Perrier
Je délirais
Réveille-moi
Trois heures et quart
On va chez toi ?
J'ai dégueulé
Lait et whisky
Whisky and gin
Ça, c'est Paris

4 – Nuit de la mort
Remords du corps
Y avait Paris
Plus de Mimi
On est entré
Dans un café
Avec Luigi
Gin and whisky.
On a chialé
Lait qui a tourné
Nez de Mimi
Qu'était joli.

Mimi
Minuit
Mille et une nuits
Mille millions de mille sabords
Bords de Seine
Luigi, c'est fini !

Vénus

Qu'elle est belle ma Vénus
Qui sortait de l'eau
Qu'elle est belle ma Vénus
Qui venait des flots

Sous la pluie
Dans la nuit
Sous l'orage
Sur la plage
Je l'ai vue
Toute nue
Dans l'écume
Sous la lune.

Je l'avoue
J'ai crié
Mon amour
Je t'aimais
J'ai voulu
Toute nue
La serrer

L'emporter.

Dans la nuit
Dans mon lit
Réveillé
À regret
Je n'ai pu
Emporter
Ma Vénus
Qui fuyait.

Qu'elle est belle Vénus
Qui sortait de l'eau
Qu'elle est belle Vénus
Qui venait des flots.

Noël

La vitre pleure

Le gâteau brille

Il brille de beurre

Et l'enfant rit

Les cloches sonnent

Et font la ronde

Puis elles résonnent

Dans tout le monde

Et la lumière

Bien sans pareille

Fait toujours rire

Les yeux qui brillent

Tous ensemble

Tous ils chantent

Et ils sourient

Au mendiant de Passy.

La vitre pleure

Le gâteau meurt
Et il fait froid
Sur le trottoir

La vitre pleure
Et l'enfant pleure
Puis il s'enfuit
Vers son oubli

La neige tombe
Sans faire de bruit
Sur tout un monde
Qui attend minuit

On croit qu'il dort
Les bras unis
Sur son trésor
Et il sourit

Il y a des années
Un enfant est né
Il est mort aujourd'hui
À Passy dans la nuit.

L'espoir

Un soir

Est mort.

Remords

Une nuit

À minuit.

Vieux château

Dans le fond de la combe
À peine sorti de l'ombre
Quand les brumes flottent encore
Quand erre le spectre de la mort,
Il dresse ses tours écroulées
Dans le ciel encore étoilé
Vestige d'un séjour inconnu
Souvenir d'une vie disparue.

Que de pensées banales !
Ces vieux châteaux perdus
Ont fait monter aux nues
De grands poètes minables.
Et pourtant comme toi,
Grand Meaulnes, dans mes rêves,
Je recherche ces toits
Qui abritaient la fête.
Mais où donc es-tu passée
Toi seule que j'ai aimée
Je suis venu te chercher
Dans le fond de la combe

Sans doute ai-je rêvé

Je n'ai vu que ton ombre.

La nuit

J'ouvre la fenêtre.

La nuit glisse sur la ville.

Des lumières, beaucoup de lumières,

Et tous ces bruits inaudibles

Qui s'unissent dans une horrible symphonie.

Et dans la nuit, la ville vit

Avec le travail étouffant du boulanger

Avec le regard des hommes qui plonge

qui s'enfonce

qui remonte

Sur les seins des entraineuses,

Avec les lumières qui scintillent sur le fleuve

Avec la solitude de l'ivrogne abandonné.

La nuit

Ce sont les chats qui se battent pour une femelle,

C'est l'enfant endormi dans son lit et qui rêve,

Ce sont les filles dans l'ombre et qui t'appellent,

C'est l'homme traqué dans la rue et qui erre.

La nuit

On ne la nomme pas, personne ne se la rappelle,

On sait qu'elle gémit sous l'homme qu'elle serre

On sait qu'elle meurt quand on abuse d'elle

Et les étoiles brillent, chaque soir, solitaires.

Toulouse

Elle s'appelait Marie, c'était une putain
Venant tout droit d'Albi, il était laid et nain.
L'histoire est déjà triste. Dans les rues de Paris,
Dans les rues qui glissent obscures et sales
C'est la solitude qui lentement les prit
Êtres déshérités et rongés par le mal.
Grattant ce qu'il voulait, artiste de la nuit
Il peignait « La Goulue » pour vaincre son ennui.
Poète de la vie, poète de ce monde
Où les filles sont jolies, provocantes et avides
Poète sans ami pour son corps presque immonde
Il mourut ivre mort en laissant peu de vide.
Fille de la nuit, fille de la rue, fille d'un soir
Il la prit en pitié, elle faisait le trottoir.
Marie, tu l'as détruit, l'infirme qui t'aimait
Marie, tu lui as pris le peu qui lui restait
Et tu lui as donné le vide de ta vie
La réalité de son corps et de sa condition
Ces désirs qui naissent de toute frustration
Le mur qui se dresse entre monde et envie.
Et il est mort, lui qui ne vivait que pour toi

Et tu es morte, toi qui ne vivais que par lui.
Tu n'es que la putain de Toulouse, ton roi
À travers son monde, à travers son génie,
Il vit.

Spleen

Vous êtes plein d'amertume
Vous vous croyez seul
Et vous claquez des dents
Parce que vous avez peur.
Cette bête noire qui monte si vite
Cette bête noire qui vous fait si peur
Profitant sans répit de votre esprit sensible
L'humanité qui la connaît bien l'appelle
CAFARD

Quelque chose qui vous envahit par en bas
qui vous monte dans le dos
qui vous fait froid dans le dos
qui irrémédiablement vous abat
Vous ne voyez plus rien
Ou ce que vous voyez
Vous le voyez sans joie
Et très, très vite, l'esprit est atteint
Tout semble alors fait
Pour vous faire pleurer.

Le vice

J'ai plongé dans le vice

Un beau soir de septembre

Quand le sable est humide

Et la mer couleur d'encre.

Nous étions deux, ce soir

Deux presque innocents

Mais le désir de voir faisait bouillir nos sangs,

Et j'ai vu naître en moi

Toute une vie nouvelle

En-dehors de toute loi :

Le monde du sensuel.

Et j'ai vu naître sous moi

La peur, l'envie, l'émoi

Quand se dresse cruel

Le mâle désir sensuel.

Sensualité et curiosité

Vous créez un monde,

Vous menez une ronde

Où il n'y a plus de pitié.

Vice, tu nous emmènes

Vice, tu nous entraines

Vice, tu nous enchaines

Sur ton cheval sans rêne,

Pour nous laisser rouler

Ivres, tremblants, épuisés,

Là où nous pourrons rêver ce que nous avons osé.

Seul, la nuit

Seul, la nuit est triste
la nuit fait peur,
Seul, la nuit étouffe
la nuit nous engloutit,
Seul, sur une plage la nuit
J'ai peur, je suis triste,
J'étouffe, je m'enfonce, je tombe…
L'aurore arrive, maternelle,
Elle va réchauffer la terre
Chasser la nuit et les horreurs.
L'aurore endort, apaise
L'aurore berce
Et on oublie
Gouffres et monstres.

VERS DE TERRE

Lycée Lyautey

Le dortoir est vide. La maison est vide.
Tous les lits ont perdu leurs habits de nuit
Et je suis resté seul. Mon esprit est vide.
Dans la chambre endormie il n'y a pas de bruit.
Mon lit est renversé, sans doute quelque copain
Qui a voulu marquer les joies sans lendemain
Du chahut de la veille. Mon corps est triste.
Mes pas vont emprunter pour la dernière fois,
Rompant le silence, cet escalier de bois.
Le silence, choquant, suffoquant, étouffant.
J'écoute le silence silencieusement
Silencieusement le silence s'insinue,
Silencieusement le silence s'insère
M'entoure et me fait peur dans cette chambre nue.
Mon esprit est vide. Mon lit est par terre.
Mon corps est triste. La maison est vide
Le silence est vide, vide du silence
Silence et vide du ventre de ma mère.
Des ombres muettes, souvenirs qui dansent
Réalité de nuit, vision du morbide,
Adieu réalité, j'aime trop le rêve !

Civilisation moderne

Clairs nuages obscurs pour mon esprit troublé
Quand le regard s'étend sur cette large vallée
Et que je distingue brillant dans le lointain
Le tout petit ruisseau caressant les rochers
Le tout petit agneau gambadant dans les prés
Le rossignol chantant, fier au haut du sapin
Alors que vous roulez, roulez vers on ne sait où,
Sans daigner pour un jour, admirer ce bijou.

Clairs nuages obscurs pour mon esprit troublé
Quand je lève les yeux vers les cimes enneigées
Et que je vois l'aigle, roi encore de ces terres
Les neiges immaculées au soleil déjà pâle,
Les hauts sommets dressés dans le ciel déjà sale,
La vie même dans les murs couverts de pariétaires,
Alors que vous volez, volez vers on ne sait où
Préférant vos fumées aux splendides bijoux.

La rue

L'été. Sept heures et demie. La rue. Je vis.

La chaleur du soleil délivre enfin la ville.

Si le ciel est rouge, demain il fera beau.

Sur le trottoir assis, les pieds dans le ruisseau

Je bois, j'entends, je vois vivre la rue, ma rue.

Le vieux d'en face fume sa pipe, le torse nu

Il ne vit pas, il ne voit pas la rue, il fume.

Les yeux au ciel deux amoureux cherchent la lune

Si le ciel est rouge, demain il fera beau.

Une télé crie, un enfant pleure, mais qu'il fait chaud !

Arrachés à leurs rêves, les amants s'en vont ;

C'est ça la rue, il n'y fait pas toujours très bon.

Au-dessus de ma tête, quelqu'un fait la vaisselle

Au-dessus de ma tête il y a des hirondelles.

Une grille lourdement tombe ; c'est l'épicier du coin

Il ferme après avoir chassé « ces sales bambins ».

La rue. Odeur d'essence, de macadam fondu,

Frites grasses à côté, tout mélangé, ça pue !

Un rossignol chante très haut dans sa cage

Un chien noir cherche ses puces, le chat se lave.

Et moi assis sur le trottoir j'ai les pieds dans l'eau.

La nuit glisse sur les carreaux et fait des reflets dans l'eau.

Tiens, le ciel est rouge… demain il fera beau.

Le Typicos

Le bois humide qui siffle et se consume
Des appliques tordues et des lampes grillées
Le juke-box qui hurle de vieux airs oubliés
Le vin rouge qui descend et qui brûle
Les chansons qui roulent sur les tables souillées
Les poumons que brûle l'atmosphère viciée.

Braves gens, croyez-moi, c'est là un paradis
Où les âmes en peine souvent se réfugient
Pour noyer dans le vin, les femmes ou les cendres
L'habitude du jour, les envies de se pendre.

L'escalier branlant de bois vermoulu
Les tables graisseuses et les nappes brûlées
Le perroquet qui siffle dans sa cage enfermé
Le pastis tout juste servi et qui déjà est bu
Les pieds qui heurtent sans arrêt le plancher
Et ceux qui dégueulent et d'autres qui se font caresser.

Braves gens, si un jour, curieux ou égarés,
Tout au fond de la nuit, vous le voyez briller,

Regardez avant d'entrer : crédit ici est mort

On rentre au Typicos, on ne sait quand on sort.

Automne à la ville

39

Espèces de squelettes sans potence
Forêt métallique tournée vers un dieu de démence
Les bras en croix.
Les maisons longuement fument la pipe sur le toit
Bouffardes ou calumets
Étirent dans le ciel leurs premières fumées
Et l'arbre pleure lentement la vie de son bois.

Couleurs

J'ai couché avec des yeux
Avec les yeux de la nuit
Les yeux noirs de la nuit
Qui regardent dans le noir
Dans le noir de la nuit.

J'ai couché avec des yeux
Avec les yeux du ciel bleu
Les yeux bleus de nos cieux
Qui regardent la vague
Dans le vague de la vague.

J'ai pensé à vos yeux
À tous les yeux de la terre
Les yeux noirs, les yeux bleus,
Les yeux noirs de la terre
Les yeux bleus de la mer
Les yeux des amoureux.

Un jour j'ai regardé
Le soleil qui brillait

Sur la mer, sur la terre,

Sur les prés, sur les blés,

Mais les yeux de mes frères

N'ont pas la couleur du soleil.

« Le monde commence tous les matins »

Le monde commence tous les matins
Quand le soleil ruisselant sort de la mer
Et quelqu'un doit commencer à vivre
Pour que les autres le voient mourir.
Le monde commence tous les matins
Quand les oiseaux envahissent l'air
Et quelqu'un doit commencer à rire
Pour que les autres veuillent enfin vivre.
Le monde commence tous les matins
Quand vert et jaune ensemble renaissent
Et il faut que les couleurs existent
Pour que l'on puisse voir, rouge, le sang.
Le monde commence tous les matins
Quand l'amour étire sa paresse
Et il faut bien que le jour explique
Pourquoi ils rient penchés sur leur enfant.
Le monde commence tous les matins
Quand les amants enfin se séparent
Quand les bombes de nouveau éclatent

Quand le camion du laitier démarre

Quand les fleurs étalent leurs pétales.

Le monde commence tous les matins

Tout commence en ouvrant les volets

Le matin, quand je me mets à chanter.

« Le petit chat est mort »

Le petit chat est mort

Et gonflé de remords

Il gît maigre et honteux

De son p'tit corps miteux.

Il n'a jamais rien fait

Personne n'a rien fait ; c'est pourquoi il est mort.

Tout gonflé de remords.

Pourtant demain matin, le jour se lèvera

Peu importe ce corps déchiré par les rats.

Le petit chat est mort

Sans avoir fait de tort

Victime innocente de l'indifférence.

Il ne connaissait pas

Et il ne savait pas

Que de l'hypocrisie

Le monde en fait sa vie.

Et le jour passera, sans penser à son corps

« Quelle nouvelle ?

— Le petit chat est mort[1]. »

Vroum-vroum

Sur sa machine de fer, il file à l'infini
Il absorbe le néant et le néant l'absorbe.
Il défie tout un monde, ses lois et ses notions,
Il frôle le vide, ronfle dans le vent, se grise,
Crie sa liberté et rit de son pouvoir.
Il serre entre ses cuisses le bolide brûlant,
Le caresse des doigts, avale la route et poursuit l'évasion.
Il quitte enfin le monde des cages,
Ses bêtes qui grouillent dans leurs catacombes,
Ses fourmis dépassées par leurs propres inventions,
Ses bêtes qui n'ont plus que le pouvoir d'obéir.
Il dépasse ces caisses qui roulent près de lui,
Il entend le craquement sinistre de la tôle
Les hurlements de celui qui agonise,
Cette bête sanguinolente qui n'a plus rien d'humain.
Il sent la fumée, la pourriture et la charogne.
Mais le rideau est tombé derrière lui
Et il file dans un monde plein de villes
Qui sent si bon parce qu'il ne sent rien
Qui l'entend parce qu'il n'y a rien.

Dilution

J'ai caressé la neige comme un corps de femme

Un corps tout blanc, sans trace, pur.

Mais ce corps était froid et ne gémissait pas

Sous mes doigts qui osaient seulement le frôler.

Tout ce qui est pureté intimide l'homme immonde de ce
monde,

Et la vierge criait sous l'être qui la souillait.

La neige est tombée, recouvrant l'impureté

Mais l'impureté a souillé Dame Nature.

Blasphème ! crie le pcète,

Il déclenche les rires de la machine humaine.

La robe blanche de la mariée cache souvent l'hypocrisie.

Le manteau de flocons, étouffant tous les sons

Voulait cacher à l'homme, son hypocrisie

Et lui montrer la joie de vivre dans la pureté de la vie.

Mais un pas l'a foulé, une roue l'a écrasé et un chien a
uriné,

Voilà le monde.

Ma main va et vient et creuse un chemin

Sur ce corps silencieux qui lentement s'ouvre,

Sa peau n'est plus blanche et devient transparente,

Toutes les fibres se recroquevillent et le corps de se transformer.

La neige devient de l'eau qui glisse, glisse le long du ruisseau

Et file, file le long du coteau.

Rendons à Nature ce qui est à Nature,

L'homme n'est pas digne de connaître la pureté.

VERS D'AMOUR

Induction

51

Quand je vois une fille
Je lui dis des bêtises
Je lui fais une bise
Et puis elle m'attise
Elle veut que je la conduise
À Venise et à Pise
La croquer à ma guise

L'étranger

52

Il a pris un peu de toi qui représente beaucoup

Il a mis dans ton cœur le secret de l'amour

Et ton ventre a crié du désir au plaisir.

Et puis il est parti, emportant avec lui

Sa légende et son secret

Te laissant pour avenir

Ton seul souvenir.

L'oiseau blond

L'oiseau blond qui chantait sur ma colline
L'oiseau blond qui m'appelait du fond de la nuit
L'oiseau blond qui m'aimait, c'est vrai, il me l'a dit,
L'oiseau blond que j'aimais pour son air si candide,

L'oiseau blond est parti
À l'aube d'un matin gris
Lorsque l'été est fini
Mais avant il m'a dit :

Ne pleure pas, c'est comme cela, je dois partir
Ne pleure pas, tu sais là-bas, je penserai à toi
Ne pleure pas, tu sais là-bas, je chanterai pour toi
Ne pleure pas, attends-toi, je t'aime, je vais revenir.

Deux corps, deux oiseaux

Il y avait sur la plage
Endormie par l'été
Deux oiseaux très sauvages
Qui rêvaient de s'aimer

Il y avait sur la plage
Bercés sur les galets
Deux corps encore sauvages
Qui venaient de s'aimer

Les vagues venaient mourir
Sur la grève qui brillait
Avec la lune dorée
Les corps semblaient dormir

Mais qui donc est venu
De ce cochon de monde
Pour rentrer dans la ronde
Des deux blancs oiseaux nus

Mais qui donc est venu

Déchirant le silence
Faisant rugir le vent
Aveuglant les corps nus

Il y avait sur la plage
Deux oiseaux tout sauvages
Ayant voulu s'aimer
Mais qu'on avait tués

Encore entrelacés
Z'avaient voulu dormir
C'était comme qui dirait
Pour mieux les voir mourir

Il y avait sur la plage
Endormie par l'été
Deux oiseaux tout sauvages
Ayant voulu s'aimer

Dis-moi !

Tu ne parles pas
Ou du moins très peu
Mais tes yeux profonds et noirs
Murmurent le charme de ta voix,
Et quand chez eux je plonge,
Je m'endors sous la chaleur de leur toit.

Tu ne parles pas
Ou du moins très peu
Car ta bouche chante la vie
Et tes lèvres me sourient
Si souvent tes yeux se ferment
S'entrouvrant, elles me cèdent
Le bonheur.
Et ta langue souple se coule
Puis se noue aux sources de la vie
Et découvre, qui lui sourit,
Mon cœur.
Tu ne parles pas
Ou du moins très peu
Car ton corps lentement

Se met à danser

Puis commence à rouler

Pour enfin s'épanouir

Et s'offrir à la vie.

Tu n'as pas besoin de parler

Car ton corps tout entier

Sait chanter et danser

La v e

Mon amie

Et j'ai baissé les yeux

Vers le papier bleu

Pour vous honorer

La vie

Mon amie.

Le Rocher des Doms

Dans un petit jardin
Enfermé dans les pins
Bien cachés dans un coin
Et le vent pour témoin
Quelques cygnes sur l'eau
Et les petits oiseaux,
Dans ce petit jardin
Où tout nous appartient
Engourdis par le froid
Il y avait toi et moi.
Et le vent fut témoin
De notre joie de vivre
Et qu'on n'osait se dire
En se donnant la main
Parce qu'on était heureux
Avec ce petit chat
Blotti entre nous deux
Et qui ne savait pas
Que nous savions aimer
Sans jamais en parler.
Puis la nuit est venue

Nous ne l'avons pas vue

Car pour moi dans tes yeux

Le ciel demeurait bleu.

Il a fallu réveiller

Le chat sans doute dérangé

Dans quelque rêve merveilleux

Où il était près d'un feu

Et nous sommes partis

De ce petit paradis

Qui nous avait réunis

Pour un temps, hors de la vie.

Le chat a oublié

Entre d'autres serré

Mais ce jour-là, ma mie

Est gravé dans ma vie.

Barbara

J'avais vingt ans et toi des rides,

Mais tes mots avaient le goût du miel

Tes cheveux vibraient dans la musique

Et tes yeux avaient la force du ciel.

Sur le bord d'une piste

D'une piste de ski

Dans un air de musique

Dans tes cheveux qui frisent

Pour tes yeux qui sourient

J'ai aimé tes années

Ton cœur et ton pays

Quand glissent sans finir

Les flocons sur les arbres

Quand s'ouvre au plaisir

Ton corps dans mes bras

Barbara.

Les caresses

Les caressent passent

Puis s'effacent

Quand courent les jours

Et l'amour.

Ne pleure pas petite fille,

Ton corps est sans blessure,

Ne pleure pas petite fille,

L'amour n'est pas une souillure.

Mes mains endiablées couraient

Sur ton corps effrayé

Mes mains sont passées

Tu peux les oublier.

Les caressent passent

Puis s'effacent

Quand courent les jours

Et l'amour.

Ne pleure pas petite fille,

Ton esprit est troublé,

Ne pleure pas petite fille,

Tu t'es un peu donnée.

L'amour est beau

Si on sait l'oublier

L'amour est beau

Tu dois te le rappeler.

Les caressent passent

Puis s'effacent

Quand courent les jours

Et l'amour.

Ne pleure pas petite fille,

Des cris ont envahi la nuit

Ne pleure pas petite fille,

Les corps sont rivés à l'envie.

En fermant les yeux tu penseras

À mes mains sur ton corps

En fermant les yeux tu diras

Ton corps à l'amour n'est pas mort.

Les caressent passent

Puis s'effacent

Quand courent les jours

Et l'amour.

Ne pleure pas petite fille

Ton corps est sans blessure

Ne pleure pas petite fille

L'amour n'est pas une souillure.

Mes mains t'ont reconnue

Elles cherchent un chemin

Mes mains t'ont reconnue

Pardonne-leur, elles ont faim

Les caresses passent

Mais te marquent

Quand courent les jours

Et l'amour.

Les caresses passent

Mais te marquent

Dans l'esprit

Pour la vie.

Le cœur et le corps

S'il est vrai que la bouche est faite pour sourire

S'il est vrai que j'aime voir tes dents qu'elle découvre

J'aimerais voir ton cœur me sourire aussi.

On sourit surtout avec le cœur.

S'il est vrai que mes yeux ont pleuré sur toi,

Qu'une larme a glissé le long de ta joue

C'est que mon cœur aussi pleurait en moi.

On pleure surtout avec le cœur.

L'amour, ce n'est pas une histoire de ventre

L'amour, ce n'est pas ce geste éternel

Qui va et vient profondément,

Ce n'est pas cette bête qui écartèle

Et qui te fait râler comme une chienne.

L'amour, ce sont tes yeux qui pleurent, ta bouche qui sourit et ton cœur qui les suit.

J'ai encore sur mon corps l'odeur de notre nuit

J'ai gardé sur mes lèvres le goût de ton sourire

Mais dans mes yeux les larmes coulent

Emportant peu à peu ton image et ma vie.

Après

J'ai cherché sur les draps
J'ai trouvé sur mes doigts
Les traces de notre émoi,
Cette odeur qui est toi.

J'ai fermé les yeux
J'ai pleuré un peu
J'ai senti dans le noir
Cette odeur qui est toi.

Mon cœur a crié
Mon cœur t'a appe é
Ton corps s'est ouvert
J'étais là seul sans toi.

Deux roses et un œillet

C'est une histoire que l'on raconte beaucoup
Car elle peut bien se passer n'importe où,
Et je suis sûr que vous la connaissez tous.
Il était une fois deux roses et un œillet
Et voyez vous le drame, toutes les deux l'aimaient,
Et je suis sûr que vous les connaissez tous.
Lui de la première il en était épris,
Parce qu'elle était née première, en plein midi,
Et je suis sûr que vous la connaissez tous.
Silencieuse et attentive dans la nuit,
Une seconde fleur s'étira, puis s'ouvrit,
Et je suis sûr que vous la connaissez tous.
Alors est née la guerre ignoble et sans merci
Dans le monde des fleurs ce charmant paradis,
Et je suis sûr que vous le connaissez tous.
Rassurez-vous car la méchante se fane
Et prie déjà Dieu qu'il lui sauve son âme,
Et je suis sûr que vous la connaissez tous.
Bonnes gens, il n'y a pas là le moindre conte
Deux roses et un œillet ont formé notre monde.

VERS DE PASSAGE

Apprentissage

Pays que je ne nommerai pas
Pays que je veux garder pour moi
Ce que je veux chanter n'a pas besoin de nom
Ce que je veux aimer n'a besoin que d'une chanson.
C'est encore la mer
C'est encore la grève
Qui appellent mes rêves
Et qui me rend amer
Car pour toujours j'ai quitté
Petite patrie que j'aimais
Tes maisons de pêcheur qui habitent mon cœur.
C'est encore ton pain
C'est encore ton vin
Qui font battre mon cœur
Qui font venir mes pleurs
Car pour toujours m'ont quitté
Brunes et blondes au corps doré
Comme le premier pain
Dès le petit matin.
Je ne peux oublier
Celle que j'ai cru aimer

Qui un soir m'a appris

Les charmes de la vie.

Plus tard quand je serai vieux

Avant de te dire adieu

Je me souviendrai de ce que tu m'as donné.

Parfums

Le lit qui gardait la trace de ton corps
Le drap qui rendait l'odeur de ta peau
Quelques cheveux sur l'oreiller
Ton nom murmuré par mes yeux égarés
Toi tout entière, absente
Pour veiller sur mon corps
Dans la nuit qui commence.

L'amour est passé
Il va revenir
Il ne peut que passer
Mais ne jamais s'arrêter
Sous peine de mourir.

Mon ami Pierrot

Mon ami Pierrot est mort
Emportant tout avec lui
La jeunesse de son corps
La beauté de ses habits

Mon ami Pierrot est mort
Et moi je suis tout seul
Et je suis seul son corps
Qui se défait sous le linceul

Vous ne le reverrez plus
Vous ne l'entendrez plus,
Sa guitare à la main
La chanson sur les lèvres

Il chantait les amours
Et les corps pleins de fièvre
Le soleil et les fleurs
Les parfums et les couleurs

Il criait à la vie et puis il a eu peur

Mon ami Pierrot est mort

Et vous êtes tout seul

Vous l'avez oublié

Il se décompose sous un linceul

Vous ne le verrez plus

Vous ne l'entendrez plus

Sa guitare à la main

La chanson sur les lèvres

Pour bercer vos amours

Pour entrainer vos mains

Pour vous faire rêver

Pour vous faire du bien

Ce soir il ne viendra pas

Et vous êtes ses frères

Il criait à la vie et puis il a eu peur.

J'ai peur

J'ai peur,
Quand je vois dans la glace
Le visage de mes vieux jours,
J'ai peur
De ce masque à grimaces
Que je garderai toujours,
J'ai peur
Quand je vois venir ce temps
Où l'on ne me reconnaîtra plus,
J'ai peur
De ce qu'apporte le vent
Cette odeur âcre qui pue,
Oui,
C'est vrai, j'ai peur de la mort
J'ai peur de mon grand corps
Qui va devenir si laid
Si lourd et si étranger
Que j'aurai alors honte
De le montrer au monde
Je n'aurai plus qu'à m'en aller
Oui

J'ai peur

C'est vrai.

J'ai peur

C'est vrai.

Les yeux

Certains sont bleus, certains sont verts

– Mais ceux-là sont pervers –

D'autres marron et d'autres noirs

– Mais tous très beaux à voir.

Les uns sont presque transparents

D'autres profonds et envoûtants

Ils parlent même dans le noir

– Tous sont très beaux à voir.

Derniers joyaux de la beauté

Tantôt pour rire ou pour pleurer

Ils seront là pour vous veiller

Ils seront là pour vous quitter

Les derniers, quand vous serez vieux

Quand vous devrez les fermer, vos yeux.

La glace

Je voulais saisir mon image dans la glace
Mais hélas ! je n'y ai laissé que des traces
Je voulais réunir deux mains face à face
Ma main n'a senti que le froid de la glace.

J'aurais voulu rentrer dans ce monde de verre
Mais les choses ne m'en laissent pas la place
J'aurais voulu enfin pouvoir former la paire
Mon corps n'a senti que le froid de la glace.

Je voudrais, fier Orphée, retourner le miroir
Mais tout est différent d'un conte en cette place
Je voudrais qu'un autre monde on me laisse voir
Mes yeux n'ont senti que le froid de la glace.

Eurydice et Orphée

Je suis passé chez toi, mais tout était éteint

Et tout était éteint, tout autour de chez toi.

J'ai cherché ta fenêtre tout le long du mur peint

J'ai cherché mais en vain ton visage et ta voix.

Je suis passé chez toi, mais tout était éteint

Et quelqu'un sanglotait la tête dans les mains

J'ai eu peur, je tremblais et j'ai crié ton nom

Tout un monde en noir m'a regardé, les yeux ronds.

Je suis passé chez toi mais tout était éteint.

On t'a emmenée seule sous les bouquets blancs.

J'ai compris, tout tournait, j'ai crié mais en vain.

Tes yeux profonds fermés me regardaient pourtant.

Je suis passé chez toi, mais tout était éteint.

« Attends-moi ! ». Les ombres dans le noir m'appelaient.

Des yeux dans des mains, tes yeux dans les fleurs tour-
naient.

J'ai serré ton ombre, tu as pris ma main

Je suis allé chez toi dans le monde de la nuit

Je les ai suppliés, pour t'emporter enfin.

Quand, à la lumière, sur la margelle du puits,

J'ai voulu voir tes yeux, alors tout s'est éteint.

La dernière maison

Murs raides, murs nus, barrières du silence,

Entourés de cyprès, entourés de regrets

Petites maisons brutales, froides, fermées,

Pierres droites, symbole d'une puissance,

Pierres piquetées, attaquées par la mousse

Qui seule en cet endroit montre de jeunes pousses,

Bête immobile, fossile hérissé de croix

Tu souhaites aux hommes la bienvenue sous ton toit.

Dans cette grande maison, le calme est assuré,

Ouverte à tous, c'est le charnier autorisé.

Les hommes d'aujourd'hui vont honorer leurs morts

Et une fois par an, la maison prend un corps.

Hélas ! la tradition tua les sentiments ;

Le geste s'accomplit sans faillir tous les ans

Mais les fleurs les plus belles ne sont que des horreurs

Si elles ne fleurissent aussi dans votre cœur.

Le jour des Morts est né pour tous les honorer

Ceux qui n'ont qu'une pierre, ceux qui ont une chapelle

Ceux que l'on a oubliés, ceux dont on se rappelle,

Que la pluie ait usé l'inscription illisible

Ou que le souvenir soit encore pénible

Ils ne sont que poussière sous notre terre

Et le vent emporte terre et poussière.

Tic-Tac

Dans les yeux vit le corps
Et le cœur n'est au corps
Qu'une horloge qui bat
Qui fait battre mes yeux

Les secondes qui tombent
Et le cœur qui bat
Qui bat vers la tombe
Où mon cœur s'abat.

Dans les yeux vit le corps
Et le corps qui s'endort
Et mon cœur qui se meurt
Et mes yeux sans couleur

Car voilà qu'il pleut
Que l'horloge s'abat
Et mon cœur qui pleure
Au rythme de vos yeux.

Passage

Les hommes ont établi assez curieusement

De fêter dans la joie, la mort brusque des ans.

Et le jour et l'année s'éteignaient au clocher

Et ici et là-bas, le monde s'embrassait.

Oui un enfant est mort, mais un autre est né.

Non, n'écoutez pas le glas qui se rapproche

Oubliez le futur, regardez, souriez !

Nous sommes tous ainsi, ingrats et gavroches

Chaque instant de la vie nous pousse vers la mort

Et ce temps qui s'enfuit, c'est un peu notre corps.

VERS SOLITAIRES

Complainte du vagabond

85

Les hommes ont détruit le vieux pont sur le fleuve
Désormais sans abri, espérant qu'il ne pleuve
Il attend, fol espoir, jeune veuf,
Ce qu'on lui a promis, un immense pont neuf.

Hymne à ma solitude

Quand on me trouvera vieux
Et que je n'aurai plus rien
Avec mes années pour bien
Seul, je marcherai vers Dieu.

Et sur cette longue voie
Car nous n'avons pas le choix
Rejetés par le monde
Nous retournons à l'ombre.

Seul je me retirerai
Dans quelque monastère
Loin perdu dans les terres,
Là, je me reposerai.

C'est avec les oiseaux
Assis au bord de l'eau
Que je veux pouvoir vivre
Et enfin vous écrire

Et vous écrire enfin
Pour me faire entendre
Pour vous faire comprendre
Pourquoi je suis enclin
Tournant le dos à la terre

À m'enfoncer dans la mer.

Cela je vous l'écrirai
Car ce me semble trop vrai
Quand on me trouvera vieux
Avant de marcher vers Dieu
Avant que l'on m'enterre
Avec pour seul parterre
Les vagues sur la grève
La mer face à ma pierre.

Saisir le vide

Il a des yeux bleus

Et le corps très sale

Il a des yeux bleus

Et le visage très pâle

Il a des yeux bleus

Qui semblent regarder

Il a des yeux bleus

Qui veulent vous fixer

Il a des yeux bleus

Qui vous crient sans arrêt

Il a des yeux bleus

Qui supplient « Ayez pitié ! »

Ce n'est qu'un aveugle

Qu'on a abandonné

Ce n'est qu'un aveugle

Que l'on a refusé

Ce n'est qu'un aveugle

Qu'importe son regard

Ce n'est qu'un aveugle

Je vais être en retard

Ce n'est qu'un aveugle
Ignoré à jamais
Ce n'est qu'un aveugle
Hors de la société

Et moi je ne vois pas
Et moi je veux crier
Et j'ai fait un faux pas
Et puis je suis tombé
Parce qu'on m'a laissé
Qu'on m'a abandonné
Qu'on n'a pas eu pitié
Parce qu'on m'a refusé
De pouvoir dénoncer
Les forfaits, les méfaits
La clarté, l'obscurité
L'erreur, la vérité
Le monde à l'envers
Le monde plein de vers
Le monde de Prévert
Le monde sans un vers.

Seul

La plume court, la plume vole
Sur le papier comme une folle
Mes larmes tombent, éclatent et tombent
Sur le papier comme des bombes
La plume court, papier déteint
Et puis en vain, je tends mes mains
Seul

Mais les oiseaux chantent très haut
Et les roseaux murmurent sur l'eau
Il y a de l'eau sur mon papier
De l'eau qui pleure ma destinée.
La plume court et court toujours
Sans se noyer, vers les beaux jours.
Seul

Les jours sont beaux et il fait gris
Le soleil brille, tombe la pluie
Durent les jours, durent les nuits
Sans mon soleil que je m'ennuie !
La plume court sur le papier

Vers mon amour tout déchiré

Seul

Il y a deux jours au rendez-vous

Je t'ai cherché tout comme un fou

Et j'ai hurlé et j'ai pleuré

Mes larmes tombaient sur le pavé.

La pluie dans la nuit de mon puits

Pense à moi, n'oublie pas que je suis

Seul.

La vieillesse

92

La vieillesse, c'est cette dame noire, lourde et qui se porte mal, qui traine sa pantoufle le long du trottoir triste, s'appuyant sur sa canne si précieuse et fragile, avec pour seul fardeau son corps et ses embûches.

La vieillesse est une feuille morte qui glisse lentement sans faire de bruit.

Ami

93

Ami,

Connais-tu le goût du vent sur les lèvres ?

Si tu fermes les yeux, pour n'être que sentir

Tu auras le goût du sel dans la bouche,

La gifle de l'embrun sur la joue

Ami, c'est ça que j'aime !

Rupture

94

La voix de ma guitare a le goût des larmes
Elle crie le désaccord des sons fêlés de la tristesse
Et les doigts qui l'accompagnent
Se sont mis à trembler.
Au rythme de mon cœur, ma main s'en est allée
Sur le *si* ou le *ré* sans pouvoir s'arrêter
Égrenant des paroles d'une voix saccadée
Parlant de ton amour pour la corde cassée.

L'étranger

L'église qui vibre

Sous l'orgue qui gronde

Dans les cœurs qui pleurent

Dans les corps qui débordent.

Et toi seul dans ta peau

Sous ton manteau

Tu viens chercher tu ne sais quoi

De la chaleur chez ces corps froids

Comme ses murs froids

Comme toutes ces voix qui parlent de l'amour

Et qui te laissent bientôt,

Seul

Avec ta solitude.

« Allez viens, viens, précède-moi, pour une fois ! »

Quasimodo

Non je ne suis pas fou

Je suis simplement laid

Et si ce que je fais

Vous choque et vous dégoûte

Essayez de comprendre

Pourquoi je l'ai fait.

Non je ne suis pas fou

Même si je m'en vais boire

Dès sept heures du matin

Trois ou quatre pastis

Au café du coin,

Même si l'autre jour

Au milieu de la messe

J'ai voulu embrasser

Cette religieuse

Qui me souriait.

Non, vous ne comprendrez pas,

Ils me regardaient tous

Avec un air bizarre

Les enfants insistants

Les parents hésitants.

Elle

Au contraire

Si belle, si pure

Si simple

Elle m'a souri.

Sa bouche fine

Qui me fascinait

Que je voulais mordre,

Ses dents blanches

Qui éclairaient mon cœur

Qu'on voulait adorer.

Voilà

Pourquoi

J'ai fait cela.

Non, vous n'avez pas compris

Vous m'avez écarté

Mais moi, je m'accrochais

Et

Au milieu de l'église

Au milieu de l'office,

J'ai hurlé

« Mère, aime-moi, comprends-moi !

Vois, je suis ton fils, tu es ma mère,

Et tu es belle

Je t'adorerai

Je t'obéirai

Jamais plus je n'irai boire

Jamais plus, je te le jure,

Je ne volerai.

Prends-moi

Emmène-moi

Ils ne me comprennent pas. »

Et puis je suis tombé

Prostré

À ses pieds,

J'ai sangloté.

Dans le silence de la nef

Égrenant son chapelet

Au-dessus de moi

Elle a murmuré :

« Pardonnez-nous nos offenses

Comme nous pardonnons

À ceux qui nous ont offensés. »

Lucien

Quand la petite cloche de l'église Saint-Antoine
Appelle très tôt le matin ses silhouettes noires,
Qu'il fasse encore nuit ou que le soleil luise
Il est toujours là
Lucien
L'enfant trouvé, toujours perdu,
Pour s'agenouiller au pied de l'autel
Dans une aube blanche dont il est si fier.
C'est lui qui chaque matin
Depuis qu'il a sept ans
Rappelle à la ville endormie
Qu'elle a une raison de vivre.
Et depuis bientôt vingt ans, depuis qu'il y a une messe
Depuis que les têtes se baissent
Pour prier le Seigneur
Il murmure sa prière, sa requête,
Pour parler à celui qui ne lui a jamais répondu,
Pour qu'il l'aide dans sa solitude.
« Je n'ai pas eu de père, je n'ai pas eu de mère
Mais est-ce nécessaire puisque je sais que Tu m'aides
Que tu regardes

Tout ce que je fais

Pour me guider

Vers Toi

Là où je dois aller.

Ma solitude n'est rien si tu veux la partager

Si je sais que tout ce que je fais ici

Me poussera dans ton Paradis. »

Puis l'office fini, sorti de la sacristie

Dans la rue déserte

Il allume une cigarette

Son seul plaisir peut-être.

Tout à l'heure il poussera la porte de la fabrique

Où l'Assistance l'a placé

Comme simple ouvrier.

Et toute la journée, sans parler, sans s'arrêter,

Si ce n'est pour manger

Il travaille.

Lucien est seul, Lucien parle tout seul,

Mais c'est normal, personne ne lui parle –

C'est un brave garçon

dit-on

Mais, pensez donc, il n'a jamais connu sa mère.

Lucien a attendu, attendu des années,

Et un jour,

Un jour pas comme les autres

Le ciel était gris et il pleuvait

Il est sorti de la ville pour aller sur le pont

Il a regardé le fleuve qui coulait silencieux, rapide

Sous lui,

Vers la mer, la mer qu'il n'avait jamais vue

Mais qu'il savait si belle

Si grande.

La mer

Synonyme de voyage,

D'évasion,

La mer qui emporte vers de nouveaux pays.

Alors,

Dans l'aurore

Lucien a noyé sa solitude

Et pleurait la lune.

Quand le fleuve l'a emporté

Vers la nouveauté

Au loin, l'église Saint-Antoine appelait ses fidèles.

L'ombre

Il marchait dans la rue écrasée de soleil
Il marchait lentement en compagnie de soi
Main dans la main,
Elle, tantôt le suivant, tantôt le précédant,
Glissant sur les pavés ou le long des murs blancs.
Ils se racontaient des histoires, des histoires sans mot
Des histoires sans tête, des histoires sans queue,
Des histoires à eux
Ils étaient heureux
Mais au coin d'une rue, la nuit, soudain a surgi.

Autres vers solitaires

Pour un nom de baptême
Pour un soleil qui luit
J'ai perdu mon poème
J'ai perdu tout' ma vie.
Dans la chaleur du café
Où les couleurs s'emboivent
Avec la fumée des Gauloises
Avec les vapeurs de l'alcool
Avec la buée sur les vitres,
Dans la chaleur du café
Où trop d'hommes boivent
Avec des rires gras
Avec de grandes claques
Sur les cuisses de femmes
On a une idée de la solitude humaine.
Un beau matin
Le soleil brillait
Un beau matin
Je suis parti
J'ai tout laissé
Et je riais.

Je suis parti
Sur les chemins
Avec dans la main
La force d'une vie.

AUTRES BALIVERNES

Je me souviens.

À Georges

Je me souviens,

De ton regard souvent amusé derrière un nez qui
n'arrivait pas à les cacher

De tes « oui » asiatiques qui voulaient seulement dire que
tu avais compris

De tes pudeurs mystérieuses qu'il aurait fallu aller chercher ailleurs

De tes outrances verbales qui faisaient rire tout le monde,
et aussi ceux qui ne te voulaient pas du bien

De tes déprimes que tu enfouissais sous des draps d'hôtel
qui sentaient le moisi

De tes joies de gamin redécouvrant l'amour

De tes passions, de tes pulsions,

De tes fuites.

Je me souviens

Du temps où tu m'apprenais à découvrir l'Afrique

Du temps où les jours et les nuits n'avaient pas d'heure

Du temps où la lumière était rythmée par la musique
zaïroise

Du temps des mécaniciennes et de Cousteau

Des descentes infernales et des courses en avant qui n'en
étaient pas – car si on avait su… –

Du temps où gagner du temps était encore un jeu pour
passer une douane ou avoir un billet d'avion

Du temps de nos trente ans et même de nos quarante

De Chambrier, de Célestin,

De nos métisses qui passaient par là,

De leurs sacs et de leurs chaussures,

De tout cela et surtout de tout ce que j'ai perdu.

Je me souviens,

Parce que cela était bien et que cela nous faisait du bien

Parce que nous étions – et tu étais – entiers,

Plein de nos excès spontanés

Parce qu'on entendait les non-dits et le cœur de l'autre

Parce qu'on comprenait et excusait

Parce qu'on laissait du temps au temps

Parce qu'on était fort et qu'on bravait la « loi »

Prêts à tout casser sans avoir été cassé.

Je me souviens

De ce retour au bercail,

De ce retour inespéré dans un monde que je devais chan-
ger

De ce retour vers le changement qui devait casser

De ce retour accéléré

Je me souviens et je te revois

Moi « inhumanisé » et aspiré

– J'ai pas dit « inspiré » –

Toi indemne ou presque,

Ayant ramené de là-bas ce qu'il y avait de plus précieux

Ayant laissé là-bas le reste – mais quels restes ! –

Ayant vu ton pays et tes « petits » progressivement
t'échapper

Sentant le bateau errer – mais où est le capitaine ? –

Alors tu as glissé, tu as cédé, tu as voulu fuir

Alors tu as demandé à ce qu'on rompe les amarres.

Tu as souhaité le faire proprement

En demandant au livre de respecter la fin

Mais le livre t'a mal écouté

Le livre n'a pas tout à fait respecté ses promesses

L'agonie a été trop longue

Et c'est sans doute pour cela aussi que je t'écris ces mots

Avec quelques larmes dans les yeux

Pour ne les partager qu'avec mon clavier

Et toi

109

Parce que tu t'en vas, parce que tu es parti

Parce que tu laisses un vide

Sur le plateau peut-être

Mais au fond de moi aussi,

Ce vide que je ne sens pas encore

Mais ce vide que je verrai

Quand je me retournerai

Et que je ne t'aurai pas dit

Merci, Georges.

La petite fille et l'oiseau

Jean Dupont était un homme seul dans une ville pleine, pleine de monde sans vie, de bruit et sans cœur. Désespérément seul, et réellement sans femme, il partageait son temps entre un petit deux-pièces de la rue Saint-Vincent et son vieux bureau de la vieille administration où il travaillait depuis vingt ans et où il venait d'être nommé… sous-chef, d'ailleurs. Jean Dupont était un homme seul. Il avait pourtant tout essayé…

Il avait même un jour, acheté sur le marché aux oiseaux, ce qu'il avait cru être la lumière de sa vie. Pourtant ce marché il le connaissait, il le traversait tous les jours. Mais ce jour-là, il avait été fasciné : dans une grande cage – si grande que ce n'était sans doute même pas une cage – ruisselant de couleurs, le cou tendu vers le ciel, lançant aux passants des harmonies de joies et de promesses, il y avait un oiseau comme il n'en avait jamais vu et jamais entendu. Il l'avait emporté chez lui, persuadé que ce jour-là, cet oiseau avait chanté pour lui. Mais voyez-vous, mesdames et messieurs, l'oiseau n'avait jamais plus chanté…

Jean Dupont était un homme triste, dans une ville de pitres, qui font croire qu'ils vivent, avec de faux sourires et des yeux qui ne voient pas. Triste, il l'avait toujours été. Depuis son enfance de petit garçon chétif, balloté, chamaillé et un peu maltraité, où il partageait ses larmes avec l'oreiller et son sourire avec une glace qui ne le lui renvoyait pas. Alors, tristement sans faire de bruit, il avait grandi, puis vieilli, gardant pour lui ses joies et se peines, ses frustrations et ses envies.

Lui seul sans doute avait vu, au gré de ses allées et venues, entre le boulot et le dodo, la petite fille sans nom – mais qui avait de si beaux yeux – et qui jouait avec son ballon. Lui seul sans doute avait vu ses yeux devenir tristes, ses joues devenir pâles, et son rire en cascade se tarir peu à peu. Lui seul sans doute l'avait aperçue, couchée dans son lit, lui seul, mesdames et messieurs.

Jean Dupont était seul et triste ce soir-là. C'était un soir comme les autres pour lui ; c'était la veille de Noël… Mais voyez-vous, mesdames et messieurs, il y a des nuits, quand « l'obscure clarté descend des étoiles », qui ne sont sans doute pas comme les autres, sans qu'on le sache.

Ce soir-là Jean Dupont s'est levé, s'est couvert de son vieux manteau – car il faisait très froid – il a pris la cage et l'oiseau, il a été poussé dans l'escalier, il a marché dans la rue, il s'est arrêté devant la fenêtre encore éclairée de la petite fille sans nom, il l'a devinée derrière les rideaux, ses beaux yeux affaiblis mais encore attendant, attentifs, il a posé la cage sur le rebord de la fenêtre, frappé quelques coups au carreau et est rentré chez lui en courant dans la nuit éclairée.

L'histoire nous dit que Jean Dupont est tombé malade ce jour-là. Au médecin du quartier qui venait le voir de plus en plus souvent, il demandait des nouvelles de la petite fille sans nom. « Depuis que le père Noël lui a apporté cet oiseau qui chante si fort et si haut, elle a retrouvé ses couleurs et ses rires. C'est si beau de les voir ensemble. »

L'histoire dit aussi que lorsque Jean Dupont est parti, il était sûr de ne plus jamais être seul, et d'ailleurs il avait un magnifique sourire sur les lèvres.

L'aveugle[2]

Vous êtes sans doute tous allés, une fois au moins dans un jardin public.

Mais peut-être ne vous en souvenez-vous pas car vous étiez petits ou très petits.

Vous étiez dans une poussette ou un landau et votre maman ou quelqu'un d'autre vous promenait.

Un jardin public c'est un cœur, avec ses joies et ses peines, qui se protège derrière des grands arbres et pour battement, le chant des oiseaux qui se parlent pour éloigner le tintamarre de la ville. Et puis il y a ses fleurs multicolores qui se font belles pour vous dire bonjour quand vous passez de votre pas de promeneur dans ses allées où votre pas mesuré fait tout de même craquer les petits cailloux sur lesquels vous marchez.

Et dans le cœur de ce cœur, il y a un bassin avec une fontaine et dans le bassin il y a des poissons qui tournent en rond nonchalamment, attendant quelques miettes d'un goûter qui ne saurait tarder. Il y a des bancs qui accueil-

---

[2] La première fois où j'ai entendu cette belle histoire, elle était racontée par François Perrier. Je l'ai écrite à ma manière.

lent les amoureux ou bien les vieux – avec leur trois jambes, bien souvent – les uns sourient, les autres attendent. Et puis, il y a aussi le coin des jeux avec le bac à sable et les balançoires ; ici, le chant des oiseaux laisse la place au chant des enfants qui, bien que moins harmonieux mais tellement vivants, sourient à la vie.

Dans un jardin public il y a très souvent – mais vous ne l'avez sans doute jamais vu – un aveugle...

Il est assis par terre, le regard vague tantôt tourné vers le sol ou vers la droite ou vers la gauche. Il attend... Il a à côté de lui une ardoise sur laquelle est écrit à la craie le mot « Aveugle » et une tasse ébréchée dans laquelle les gens sont censés lui mettre une pièce qui lui permettra de manger un peu. Il est là du matin au soir et du soir au matin – les gardiens l'y laissent dormir – et sans faire de bruit, il attend... Des pas s'approchent, des pas s'arrêtent, des pas s'en vont, mais pas de bruit de pièce tombant dans la tasse ébréchée. Cela fait plusieurs jours et plusieurs nuits que mon aveugle est là et cela fait plusieurs jours et plusieurs nuits qu'il n'a rien mangé. Alors, ce jour-là, n'y tenant plus il arrête une personne et lui demande :

« S'il vous plait, donnez-moi quelque chose, j'ai faim ». Et la personne lui répond :

« Je suis poète et pauvre presque comme toi. Je ne peux te donner ce que je n'ai pas, mais je vais essayer de t'aider autrement. »

Et il comprend que le poète efface le mot « Aveugle » sur l'ardoise et marque autre chose à la place. Sans autre discours, les pas du poète s'éloignent, les pas du poète s'en vont.

Le soleil est haut et commence à être chaud, le cœur du jardin bat comme de coutume, les oiseaux chantent, les enfants s'amusent, les amoureux flirtent, les vieux goûtent ses instants et les poissons entament leur énième rond dans le bassin.

Le cœur de l'aveugle bat plus fort. Des pas s'approchent, des pas s'arrêtent, un sac s'ouvre, un porte-monnaie s'ouvre et une pièce tombe dans la tasse ébréchée. D'autres pas s'approchent, d'autres pas s'arrêtent, une petite fermeture éclair s'ouvre et une autre pièce tombe dans la tasse ébréchée et puis trois, quatre… tout au long de la journée. Maintenant le cœur de l'aveugle bat la chamade. Alors, ne comprenant pas et n'y tenant plus, pour la seconde fois de la journée, mon aveugle ose aborder une autre personne :

« S'il vous plait, dites-moi ce qu'il y a marqué sur l'ardoise car depuis que le poète est passé et a laissé son empreinte, les gens me voient et compatissent. »

Et la personne lui dit :

« Eh bien, le poète a écrit : Aujourd'hui, c'est le prin-
temps et je ne le vois pas. »

Table des matières

www.ingramcontent.com/pod-product-compliance
Lightning Source LLC
LaVergne TN
LVHW050910200726
843508LV00011B/2168